Quentin Blake

MÍSTER MAGNOLIA

kalandraka

Título original: *Mister Magnolia*

Colección **libros para soñar**®

Copyright © Quentin Blake, 1980

Publicado por primera vez en el Reino Unido por Jonathan Cape, un sello de Penguin Random House Children's Books,
una compañía de Penguin Random House

© de la traducción: Miguel Azaola, 2016

© de esta edición: Kalandraka Editora, 2016

Rúa de Pastor Díaz, n.º 1, 4.º A. 36001 Pontevedra
Tel.: 986 860 276
editora@kalandraka.com
www.kalandraka.com

Impreso en China
Primera edición: octubre, 2016
ISBN: 978-84-8464-249-7
DL: PO 268-2016

A Míster Magnolia le falta una bota.

Tiene 1 trompeta

que siempre está rota,

2 primas flautistas

que dan bien la nota,

pero… a Míster Magnolia le falta una bota.

Tiene **3** batracios

que bailan la jota,

y 4 cotorras

a cual más idiota,

y **5** lechuzas

que nunca alborotan,

pero… a Míster Magnolia

le falta una bota.

Tiene **6** amigos

con muy malas notas,

y 7 que quieren

saber qué tal flota,

pero… a Míster Magnolia

le falta una bota.

Escoge **8** frutas

para la compota,

a **9** valientes

para darle escolta

y un postre en **10** platos
para su mascota,

pero… a Míster Magnolia

—qué pena—,

a Míster Magnolia

le falta una bota.

Espera,

un momento…

¡Qué bien!

¡Qué grandota!

¡Sorpresa!

¡Sorpresa!

¡Ya tiene su bota!

¡Vivan las dos botas

de Míster Magnolia!

Ya puede dormirse

como una marmota.

¡Hasta mañana!